강영서 漢詩集

돌, 고요한

도서출판 시인

이 도서의 국립중앙도서관 출판예정도서목록(CIP)은 서지정보유통지원시스템 홈페이지(http://seoji.nl.go.kr)와 국가자료종합목록 구축시스템(http://kolis-net.nl.go.kr)에서 이용하실 수 있습니다.
(CIP제어번호 : CIP2019039789)

강 영 서

아호는 문창文窓, 당호 무무재无無齋
안양문인협회 고문, 한국 한시연구원 회원, 안양수석인연합회 고문(전),
어려서부터 한학을 공부하고 두암서당斗岩書堂에서 20여 년 한시를 사
사 받았다. 애석愛石의 길 40여 년을 걷다.

시집 『문창수석한시첩』(1992)
　　　『외로워서 돌을 사랑한다』(2000)
　　　종자와시인박물관 시비 〈무자비석〉 건립(2019)

돌, 고요한

초판 인쇄 2019년 10월 21일
초판 발행 2019년 10월 31일

지은이   강 영 서
펴낸이   장 지 섭
본문디자인   김 은 숙
인쇄·제본   (주)금강인쇄
펴낸 곳   도서출판 시인

등록번호 제384-2010-000001호
등록일자 2010년 1월 11일
13992 경기도 안양시 만안구 안양로 320번길 20(안양동) B동 2층
Tel 031-441-5558 Fax 031-444-1828
E-mail : siin11@hanmail.net / www.siin.or.kr

책값 12,000원

시인의 말

묻혀 살지요
단순하고 느릿하게

있는 듯 없는 듯
말없는 굼벵이처럼

詩人之言

隱 居 但 仍 舊

單 純 只 怠 遲

有 似 有 似 無

无 言 如 蠐 之

차례

2부 돌, 고요한

3부 돌의 울음소리

4부 아름다운 동행

■시 노래

■해 설

1부 | 돌을 어루만지며

말귀 알아듣는 돌

일광 바닷가에 와서
돌 하나 만났네.

미완의 무늬 아쉬워
달 하나 넣어달라고
쓰다듬고 닦았지

내 마음 알아듣고
구름 위 둥근달
그린 듯 나왔네

解語石

日 光 海 邊 逢 一 石

未 完 紋 樣 願 月 生

撫 石 希 胎 吾 心 了

雲 上 月 畫 出 産 成

돌을 어루만지며

돌을 어루만지면
가슴으로 들어와

나는 한낱
이름 없는 돌

너는 내가 되고
나는 돌이 되네

손을 잡으면
마음은 출렁출렁

撫石

撫 石 方 入 胸

余 爲 無 名 石

汝 爲 我 化 石

拈 手 心 浪 汐

문자 없는 비석

상처 있는 비석이라
눈길 돌리지 마라
아픔 없는 삶이
무엇을 남기랴

문자 없는 비석이라
가벼이 하지 마라
심금 울릴 명문은
가슴에 아로새겨지는 것

그 누가 지금
그대의 비문을 쓰려 한다면
한 자락 바람 같은 세월
아무 말도 새기지 말라 하라

문자 없는 비석인들 어떠랴
거기 한 사람 찾아와
마른 잔디 위에 추억을,
그 또한 아름다운 삶이 아니겠는가

無字碑石

有傷碑石勿不睟　　无痛生涯痕迹無

無字碑石勿輕視　　心琴銘文心中圖

誰今爲爾作碑文　　春風歲月無刻模

无字碑石何有愧　　所處一人來訪孤

枯槀短草追想在　　該亦近似旺生俱

가을을 듣다

우주의 침묵을 깨는
귀뚜리 소리

가을은 귀 가득 넘치는
합창

거둘 것 없는 가을이라고
슬퍼하지 않으리

생각하면 인생은
빈 울음 매다는 것

秋聲聽石

宇 宙 破 黙 蜻 蜥 音

濫 耳 滿 秋 之 合 唱

收 成 不 洽 不 悲 痛

多 思 人 生 懸 空 鳴

세월의 흔적

주름진 뼈는
고통으로 얼룩진 마디

푹 파인 풍우의 흔적
먼지 이는 세상을 살아온 아픔

오래도록 깎여온
생의 분칠

돌에게서 듣는다
아픔도 쓰다듬으면 내 것이 되는가

歲痕

皴 紋 骨 相 苦 節 視
風 雨 痕 迹 塵 世 隣
林 泉 久 逸 化 粧 秘
效 石 撫 痛 爲 吾 身

엽신

그냥 그렇게 사네

배고프면 밥 먹고

졸리면 잠자고

흐르는 물에 꽃잎 떨어지듯

葉信

無 爲 若 無 思

空 腹 卽 食 禪

睡 魔 來 眠 息

流 水 落 花 然

어르는 돌

긴 여름 보내는 데는
바둑이 제격이고

긴 세월 보내는 데는
돌 사랑이 제일이지

단순하게 사는
즐거움

즐김을 모르는 사람
알까, 두려워

撫石人

送夏手談只

銷日撫石時

此中無限樂

但怕俗人知

젖가슴 돌

자주 가던 돌밭에서 만났네
아름다운 여인의 따스한 젖가슴을

하늘에서 내려온 선녀가
몸을 씻다 잃은 걸까?

이제는 내 석실에 들어앉은
여인의 한쪽 가슴이여!

말해 주오
잃어버린 젖가슴의
그녀를 보면

乳房石

頻　過　石　田　遇

美　人　乳　房　姿

仙　女　天　降　地

濯　躬　紛　失　時

今　吾　石　室　至

一　片　胸　部　之

誰　我　可　傳　言

亡　失　看　悲　姬

당신은 아시지요

당신은 아시지요
강물은 흐르는 것이 아니라
잠시 세상과 헤어진다는 것을
헤어짐이 아니라
비로 내려 강물과 만난다는 것을
당신은 알지요
세월이 흐르는 것이 아니라
아픔과 쓸쓸함이 함께 쌓여간다는 것을
세월이 쌓이는 것이 아니라
사랑과 미움,
추억의 조각들만 남는다는 것을
돌은 비바람에 씻기지 않아도
세월의 향기 알맞게 익어간다는 것을
허명을 버리고 무심을 채우는 아름다움이여
해탈의 한 폭 그림에 색칠을 하네

爾疑知

爾疑知水不流去　　暫作世上離別情

水不離江蒸發後　　天上來雨江水迎

汝疑知歲弗流去　　痛苦孤寂偕積盈

歲月无積愛與憎　　一片追憶餘感幷

石也不能風雨洗　　適合歲香成熟耕

棄虛尤滿無心美　　解脫一幅彩畫生

조약돌

작아져야
제대로 볼 수 있다

고개 숙여 마음 열면
비로소 들리는 돌의 말씀

내가 작아지면
점점 돌은 더 커지고

너도 나도 다르지 않아

내가 작아지면
보이는 너의 향기

小石論

吾 自 作 小 石 可 視

心 眼 能 開 低 頭 行

牽 近 舉 手 聽 石 言

漸 益 小 我 能 大 彰

汝 不 異 之 我 謙 虛

自 化 小 方 解 人 香

수석의 미학

만남 혹은 발견
모자람과 부족함
다름과 조화
크고 작음

버림과 비움
느림과 기다림
침묵과 인내
자연스런 아름다움

壽石之美學

相逢又發見　缺乏不足之

異同又調化　大小不同之

投棄又空虛　等待不速之

沈默又忍耐　美學自然之

연인에게

영원히 바라볼 수 있으면 좋겠다

외로움과 그리움으로
미움까지 사랑할 수 있으면 좋겠다

항상 남는 것은 좋은 추억
후회는 없으면 좋겠다

단단한 바위처럼
영원히 사랑의 밭을 갈았으면 좋겠다

石中戀人

願 得 生 平 好 相 見

憎 惡 心 解 以 戀 情

恒 未 後 悔 餘 追 憶

可 似 堅 岩 永 愛 耕

돌 어르신
−"작은 돌이 어른이다"

돌은 작을수록
오래 산 세월의 흔적

깎이고 깨어져도 소리 내어 울지 않고
버리고 비워내어 이룬 저 모습

물살에 닳아진 사람
여기 있네

수억 년 마디마디 아픔을 눌러온 날들

허리 굽은 돌 어르신이여

石丈
—"石中丈即小石"

石 小 年 光 久 痕 迹

削 破 不 鳴 放 棄 成

人 品 無 慾 歲 水 磨

石 丈 累 億 苦 節 生

수석을 읽으며
─돌 속의 네 계절

하루에 한 번쯤은 봄이 되고 싶다
핑크빛 사랑에 빠진 비 오는 언덕에서
내 마음 깊은 곳 그리움의 창고 한 칸 짓고
선홍빛 꽃 멀미에 취하고 싶다

하루에 한 번쯤은 여름이 되고 싶다
세상 모든 소음과 우매함을 말없이
속으로 깊이 삭여 무소유의 삶이 넘치고
몽돌들이 살 부비는 안개 낀 강가에 가고 싶다

하루에 한 번쯤은 가을이 되고 싶다
낙엽 비 가슴에 내리는 바람 부는 산 위에서
외로운 사람 더욱 외롭게 하는
잔인하게 아름다운 단풍을 만나고 싶다

하루에 한 번쯤은 겨울이 되고 싶다
세상 찬란한 기쁨이야, 만나지 않아도 좋으리
쓸쓸해서 더 아름다운 눈 내리는 해변에서
무심으로 흐느끼는 오랜 침묵으로 살고 싶다

讀石
－石中四季

一日一回願爲春　　梅香聽耳雨中丘

吾心深處作戀房　　鮮紅花色多醉謳

一日一回願爲夏　　世俗騷音愚昧投

無心无思無所有　　雜石相撫江邊留

一日一回願爲秋　　葉雨降胸風懷峰

孤寂閒人尤孤寂　　殘忍丹楓美麗逢

一日一回願爲冬　　佳美歡喜未逢從

蕭條燦爛雪海邊　　似作別離沈默共

정호다완

도공이 빚은 정호다완
하늘의 인연으로 내게로 왔네

시인 두보는 주머니가 비면
얼굴빛이 창백해졌다는데

나는 주머니 털어내고
무슨 기쁨으로 달뜨는가

혼신으로 빚은 비파색
손으로 돌린 물레 자국
부족한 듯 미쁜 듯

나는 당신의 가슴속에 숨긴 투박한 찻잔
보고 또 보고

空囊井戶 [1]

陶 公 作 品 井 戶 碗 [2]

天 緣 引 導 來 我 生

杜 翁 空 囊 無 顔 色 [3]

何 事 吾 心 喜 悅 盈

匠 人 魂 作 枇 杷 色

茶 心 手 跡 景 色 評

不 足 美 學 弗 美 醜

胸 裡 爾 藏 無 心 亨

[1] 공낭정호: 빈 주머니가 깊은 우물 같다는 비유로 한 푼의 돈도 없는 주머니를 뜻함
[2] 정호다완: 가루로 된 차를 마시는 사발 찻잔
[3] 중국 당나라 때의 시인 두보의 시구 인용

아끼는 돌

하고 많은 돌 중
내 눈길 사로잡은 것
모셔놓고 가까이해도
날이 가면 점점 잊혀지기도 하리니
오래 아낄 돌 줍기는 쉬워도
간직하긴 어려워라

사람이라고 다를까
곁에 있어도 그리운 사람 있고
한 잔 술에 가까워졌다 까마득해지기도 하는 법

그대여 평생 아낄 돌 없다면
아쉬운 마음을 갈고 닦아야 하리

그리하여 가슴속에 보물처럼 숨겨둔다면
그 사람도 영원히 함께 있으리

平生吝石

石田每逢各樣色　但只覸觀又睹明
探石歸家對石群　日月近接反遠情

生平吝石非難得　世俗處地不異評
恒在我側有相戀　酒席兄弟劫忘輕

若爾平生無愘石　汝自爲惜心月耕
胸中成石旣珍藏　終久戀著好同行

수석예찬

당신은 선이 고운 한 편의 시
옛 모습 깨트림, 그 곧 선화禪畵려니
패이고 닦이고 마무림 끝에
옅은 듯 그윽이 빛나는 자태여

꾸미지 않고 드러냄에 웃음도 깃들지만
비틀려 옹어리진 속 생각에
깊이 감춘 올곧은 기개로
일없이 거닐어도 온 세상을 보네

한가할 뿐 운치 더 갖추는가
맺고 남은 마음 조각에
사람의 손 떠난 재주로
아름다움의 균형을 다스렸구나

말을 비워낸 맑은 자리에
마음 더 낮춰 편히 누이니
작아질수록 만나는 큰 세계여
당신은 박물관에서도 찾기 힘든
예술철학의 경전이어라

壽石禮讚

線之美學一編詩　　古拙破格禪畫之

曲形端正素朴形　　平淡之味寂照姿

順理淡調諧謔有　　含蓄歪曲抽象思

胸裡理氣無爲在　　逍遙色空太極師

不啻閒適韻致具　　節制餘白無心台

無技巧裏技巧美　　不均衡中均衡治

坐禪靜虛言無語　　平心起居下心怡

單純省略成極致　　集美可比百科辭

又擬解脫博物館　　是乃藝術經典斯

2부 | 돌, 고요한

근황

요즘 어떻게 지내시나요?
그냥 그렇게 살지요

때때로
조용히 차를 마시고
돌을 보고 즐기며
옛사람의 시詩를 뒤적이지요

드물게
관악산도 오르고
느릿느릿 안양천도 거닐고

간간히
여주 강가도 가고
가끔은
쓸모없이 늙는 것을
낙으로 삼지요

近況

近日如何事
無爲若無思
時作黙喫茶
賞石誦古詩
冠岳山登稀
安養川行遲
間間驪江去
或或拙老僊

돌 앞에서

돌 앞에 앉으면
돌이 나를 붙잡는다

나도 모르게
나는 돌에 갇힌다

돌이 돌을 빠져 나온다
돌은 없고 나만 있다

나는 없고
돌만 있다

接石

石 對 誘 惑 吾

吾 醉 捕 虜 石

石 躬 脫 石 無

无 我 何 在 石

손아귀에 돌을 쥐고

내가 가장 좋아하는 돌은
뼈만 남은 돌

좋은 시는 버리고 비워서
사리를 이룬 것

작아서 더 큰
마음의 여백을 즐긴다.

너는 돌이면서
돌이 아닌 나의 연인이다

掌中石

吾 愛 石 中 最 餘 骨

如 詩 捨 空 舍 利 成

以 小 心 大 撫 餘 裕

石 旡 非 石 戀 人 評

조각돌

무겁다
장사의 힘으로도 들 수가 없네

조각돌에는
큰 산 들어있으니

비웃지 마라
작고 볼품없다고

돌의 귀 손바닥 안에 있으니
마음밖에는 읽을 수 없네

寸石

項 羽 借 力 不 舉 重

其 在 巨 山 雖 寸 石

君 莫 應 笑 貧 風 趣

心 讀 石 耳 是 掌 隔

조각돌에게 묻다

만물은 탄생과 소멸이 있는데

돌에도 삶과 죽음이 있을까

부처님은 열반 후 사리를 남겼는데

그대는 죽지도 않고 사리가 되었나

問寸石

誕 生 消 滅 有 萬 物

或 石 生 涯 生 死 因

釋 遺 舍 利 涅 槃 後

不 死 何 成 舍 利 身

무심대

아무 생각 없이
돌과 마주 앉았네.

어둠이 내리고
손톱 달
산마루 기울 때까지

그리워서

가만히 빈 마음에
너를 앉혔네

無心臺

無 思 對 坐 石

黑 來 新 月 傾

无 語 戀 情 眼

默 言 無 心 亨

무무대

그저 그렇고 그런
단순한 모양

무늬도 어떤 형상도
비색도 아닌,

아시지요
보이는 것이
전부가 아님을

있고 없음이 한 가지라,
없고 없으면
다 있는 것이지요

无無臺

凡 平 凡 平 只 單 純

非 樣 非 像 非 色 秘

眼 識 不 皆 爾 知 了

有 無 一 如 无 無[1] 醉

---

[1] 무무(无無)는 무무전무 무무개무(无無全無 无無皆有)의 의미
없고 없으면 다 없고, 없는 것이 없으니 모두 있는 것이다.

돌에 취하면

술에 취하면 황홀하고
담배에 취하면 몽롱하고
산수에 취하면 청한하고
바둑에 취하면 한가하고
차에 취하면 무심하고
돌에 취하면 선禪이 되고

若石醉

飲 酒 醉 恍 惚

煙 草 醉 朦 朧

醉 山 水 清 閑

醉 手 談 閒 充

喫 茶 醉 無 心

若 石 醉 禪 通

돌의 맛 1

그 맛은 시의 맛이라네

바람과 달의 춤판
거기 스며있다네

지나는 빗방울에
나무들 몸 씻는 소리

소리와 빛깔 어우러진
모두가 수석시라네

詩石一味・一

石　味　同　詩　味

石　內　風　月　傲

過　滴　沐　林　音

聲　色　摠　石　詩

돌의 맛 2

사단칠정*이
시의 맛이고

더해서 오미*가
돌의 맛인데

맛이야,
혀로 느끼는 것이지만

그 맛이야말로
인정의 맛이지

詩石一味・二

四端七情[1]詩之味

益加五味[2]石之味

味也觸舌後感知

詩石之味人情味

[1]사단칠정 : 사단은 인의예지, 칠정은 희노애락애오욕
[2]오미 : 신맛, 쓴맛, 매운맛, 단맛, 짠맛

천년송

천년 세월 선정에 들어
아픔을 끌어안았지

갈라 터진 세월의 흔적
간직한 생

뒤틀린 소나무 가지 위에
바람 한 줄기 앉아 졸고

솔향은 가랑비 되어
옷깃을 물들인다

千載松

立 禪 千 載 抱 痛 苦

分 裂 歲 痕 守 路 標

瘦 擰 像 枝 睡 松 濤

香 染 布 素 如 霎 調

무심대

나로 인해 당신의 밤이
별빛으로 반짝거린다면

당신의 가슴이 감동으로
가득 채워진다면

그리움의 물결은
신열로 끓어오르고

시공을 떠가는 배처럼
향기는 당신을 휩싸고 흐릅니다

撫心臺

仍 我 汝 夜 以 熒 星

又 作 感 動 汝 胸 長

戀 情 波 濤 化 身 熱

別 舟 時 空 餘 撫 香

수석론 1

크고 작음을 시샘하지 않고
버려져도 불만이 없고
깨어져도 아픔을 모르고
홀로 있어도 외로움을 모르네
외롭다고 슬퍼하지 않고
싫다고 미워하지 않고
가졌다고 교만하지 않으며
그저 그런 바보 같은,

壽石論·一

大小否猜忌　投棄無不滿

破碎无苦痛　有獨不孤獨

孤以無悲哀　厭而弗憎惡

有得不驕慢　只愚又無心

수석론 2

심장을 뛰게 하는 돌
무릎을 탁, 치게 하는 돌
시와 그림이 되는 돌
멋이 있고 맛이 있는 돌
영혼을 살찌우는 돌
지혜를 주는 돌
그리움에 떠는 외로운 돌
바보스레 웃는 돌
바라만 봐도 좋은 돌
내 마음에 가라앉은 돌

壽石論・二

胸襟搏動石　膝前一打石

詩如畫爲石　姿美有味石

靈魂肥胖石　爲生智慧石

思戀又孤石　如愚微笑石

目睹好尙石　無主心沈石

무무재에서

방안의 서넛 늙은 돌들

차를 마시며 한담을 하시네

세상사는 관심조차 없고

해종일 수석 이야기뿐이시네

於无無齋

石室三四老

閒談又茶禪

塵事無關心

盡日論石緣

생각하는 돌

오매불망 애태운 심사는
풀지 못한 화두인가

감정의 여울목에서
마음의 파도 다스리고

다가올 해탈의 순간을
참선으로 꽃피우며

속세의 번뇌를 씻은 당신
법신을 이루었네

思惟石

不 忘 心 思 疑 話 頭

灘 上 感 情 空 色 圖

解 脫 瞬 間 參 禪 冶

洗 除 煩 俗 法 身 俱

돌의 향기

돌처럼 살면
돌이 될 수 있을까

돌과 함께 산다고
모두 돌이 되었을까

돌 향기 보고 듣고 어루만지니

농익은 돌 내음
은은히 감기네

石香

若 石 生 爲 石

偕 石 在 化 石

石 香 撫 視 聽

隱 隱 評 香 石

돌 향기를 말하다

1.

내 곁에 돌이 없으면
마음속에 수석이 들어와
스스로 돌향기 피어나는 건
평생 풀지 못할 병인가

2.

돌 향기 즐기려면
돌의 참선을 해야지
먼지 이는 마음을 없애면
오묘한 세상이 활짝

3.

돌의 향기를 묻는다면
말로는 표현할 길 없어
마음으로 전할 뿐

4.

누가 없다고 했나
돌 향기의 고운 빛
차라리 모른다고 하지
풍류와 예술을,

5.

돌밭을 걸으면
개구리울음 같아
뒤꿈치 들고
조심하네

6.

눈을 가늘게 뜨고
귀를 활짝 열면
비로소 보이는 당신

7.
돌 향기는
장자의 꿈과 같아

나는 돌이 되고
돌은 내가 되고

石香論

一.

無石傍　入心石

自石香　膏肓[1]懌

[1] 고황(膏肓)은 천석고황(泉石膏肓)의 준말.
　산수를 사랑함이 지극하여 마치 불치의 병에 걸린 것 같다는 의미.

二.

樂石香　行石禪[1]

塵無心[2]鉤玄[3]緣

[1] 선(禪)은 불가에서 정신을 가다듬어 번뇌를 버리고 진리를 깊이 생각하며
　끝내는 무아의 경지에 이르는 수행법.
[2] 무심(無心) 불교에서 물욕과 속됨을 없앤 경지 즉, 무상(無想)
[3] 구현(鉤玄) 현묘(玄妙)한 이치를 찾아내 깨닫는 것.

三.

問石香　無答眞

不悱[1]語　心傳論

四.

誰無焉　石香麗

寧不知　風流藝

五.

石田步　似蛙叫

傳我肯　搁踵兢

六.

眼開細　耳間韃

石來近　始汝視

七.

石香禪　如莊夢[1]

吾爲石　石化儂

[1] 장몽(莊夢)은 莊周之夢의 준말 장주가 나비의 꿈을 꾸었는데 나비가 자신
인지 자신이 나비인지 분간이 되지 않았다는 이야기에서 차용.

3부 | 돌의 울음소리

수리산을 거닐며 1

눈 쌓인 산길에
사람 발자국 드물다

뽀드득 뽀드득
적막 깨지는 소리

아름다운 꽃봉오리와
여름날의 푸르름은 어디로 갔나

바람 불면 떨어질 듯
나뭇잎만 두어 개 대롱대롱

行修理山吟·一

積 雪 山 路 稀 人 跡

行 客 跫 音 破 寂 傳

妖 花 芳 草 何 處 去

風 來 恐 凋 數 葉 憐

수리산을 거닐며 2

곳곳 봄바람
걸음걸음 꽃향기

아름다운 곳에 머무르니
시심이 뭉게뭉게 피어나네

산빛 물빛
서로 비추는 곳

이 몸은 소나무
숲을 거니네

行修理山吟・二

處處春風步步香

寄遊勝地詩心長

山光水色相應裡

身在林中松下行

무향산을 오르며

산 속에 깊이 들어오니
속세에서 벗어나 좋아라.
두어 집은 산을 의지해 마을을 이루고
들꽃은 나무에 잇대어 환하네
바람에 따라 물은 흘러가니
유유자적悠悠自適 한가로운 마음
애석인愛石人과 함께하니
가을날 이야기로 끝이 없었네

登撫香山

漸　覺　入　山　幽
頗　喜　脫　俗　榮
數　村　傍　林　落
野　花　隣　樹　明
隨　風　水　流　去
閑　味　自　適　清
有　趣　石　人　合
秋　日　情　談　耕

여주강 감회

오랜 세월 탐석을 하며
뉘우치는 일 많아졌다

모나고 상처 난 돌 주저주저
버리고 온 것이 마음에 걸렸다

거울 속의 나처럼 온전치 못한
나를 닮은 돌
친구를 내친 것 같아
미안한 마음이 떠나질 않았다

바보 같은 나를
돌이 버렸을지도 모른다

외로워진다, 오늘은

驪江感悔

久 久 玩 石 追 悔 頻

驪 江 近 似 逢 石 因

水 磨 缺 然 方 又 痕

躊 躇 投 棄 心 碍 塵

吾 無 完 備 如 業 鏡

不 離 未 安 去 友 親

觀 我 石 公 未 洽 大

推 及 除 余 加 孤 身

돌밭을 그리워하며

돌밭이 그리워
허기진 사람

수석에 취하면
배고픈 줄도 모르는 바보

돌밭이 나를 향해
은근한 눈웃음을 치네

세속의 즐거움 따위
관심조차 없다고,

戀慕石田

石　田　虛　飢　客

醉　石　空　飽　愚

石　鄉　向　我　笑

塵　樂　關　心　無

여주강가에서

길 위에서 길을 모르고
살면서 세상을 몰랐네

돌밭에서 돌을 찾지 못했고
사람들 속에서 그 사람을 몰랐네

먹은 마음 없으니
좋다는 것은 보이지 않고

이리저리 헤매일 때
더 가까워져야 보인다고
강물이 철썩 때리네

於驪江

路上不知路　塵世弗解塵

石田無尋石　人偕不識人

閒心无所作　窮究未見眞

愚自迷徑處　答江若石親

학의천 산책

내 숨소리에 놀라
눈 뜨는 여명

학의천을 느릿느릿 걷는다.

자욱 자욱
묻어나는 이 고요

숨죽여 우는
풀벌레 소리 줍는다

鶴儀川 散策

聏 我 喘 晴 開 黎 明

鶴 儀 川 邊 遲 遲 行

步 步 沾 染 靜 然 處

隱 密 摭 拾 蜻 鳴 聲

삼성산 삼막사 음양석

삼성산 삼막사
명물 있으니

사내 돌은 우뚝 서고
부인은 요염하게

절묘하다
마주보고 영원히 합하지 않으니

그 꿋꿋함
송도삼절이 부러우랴!

三聖山 三幕寺 陰陽石

三 幕 寺 傍 有 明 物

陰 陽 兩 石 妙 又 佳

相 見 永 年 應 不 合

可 擬 松 都 三 絶[1] 懷

[1] 송도삼절: 송도(현재 개성)의 유명한 3가지 화담 서경덕, 황진이, 박연폭
포를 일컫는다. 이후 선비화가인 어몽룡의 묵매(墨梅), 이정의 묵죽(墨竹),
황집중의 묵포도(墨葡萄)을 가리키기도 하고 그 시대의 가장 뛰어난 것을
나타낼 때 쓰는 말이 되었다.

11529* 탐석길에 읊다

일상에서 벗어나
적막한 강가 돌밭에 와서

강물에 발을 씻으면

내 마음 강물 따라 흐르고
강물은 바람 따라 펄럭이네

* 11529— 2011년 5월 29일 점촌에서 수석을 채집한 날

壹壹五二九　探石吟

躬翁足風
脫石濯颻
做逢消水
常干想江
日河塵流
多寂裏放
雜閑胸心

남한강가에서

돌밭에 갑니다.
흐르는 물처럼
실려가버린 이삿짐처럼

그곳에 가면 돌이 아닌
놓진 내 마음을 만날 것 같습니다
낯익은 자갈밭, 어렸을 적
뛰놀던 골목인 양
추억이 뛰어 다닙니다

굽은 나무가 산을 지키고
어수룩한 사람이 세상을 지키듯
못난 돌들이 자갈밭을 이뤘습니다

깨지는 아픔을 이겨낸 돌들이
내 마음을 씻어 줍니다
고뇌의 살점을 모두 베어낸

저 강물의 맑은 소리
남한강 돌밭에 오면
고향에 온 듯 찰랑이는 마음
먼지 이는 마을은 돌아가고 싶지 않습니다

於南漢江邊

平常心尋石田行	移裏如運流水生
所處弗石遇放心	面熟風情追想迎
曲木愚人守山俗	未洽石集石村成
苦節勝利吾胸濯	煩惱諸切江水淸
石田往遊若故鄉	不歸塵世作心盈

내 마음의 돌밭

그리우면 돌밭으로 갑니다.
마음에 숨겨진 돌밭
마음 한 자락 깔아놓습니다

돌밭은 잃어버린 나를 찾는 곳
돌은 내가 되고
나는 돌이 되는 곳

물소리 귀에 가득하고
영롱한 수채화 빛은
눈에 소란하여라
입을 닫은 돌은
다툼이 없이 맑고
거친 듯 바람과 햇볕을 맞으니
내 마음에 꼭 맞습니다

때 묻은 아픔의 흔적
바람에 씻기면

어지러움 사라지고
돌들이 부르는 노래가 들립니다

가난한 내 마음을 쉬게 하는
돌밭은
나의 오랜 친구입니다

於心中石田

戀我謙虛石田行　　隱心石田心開迎

此許失己復索處　　儂化爲石石儂衡

江聲不喧爲耳糧　　色彩無眩糧眼亨

沈默弗驕爲口糧　　性品无爭糧心清

蕪然曬心光風合　　垢塵痛痕風浴正

煩惱投棄聽石曲　　貧素休吾伴侶生

4부 | 아름다운 동행

꾸욱―,
―수암 김덕춘 소장석

별이 비처럼 쏟아지는 강변에서

불면의 밤을 건너는 나는

반짝이는 수면 위에

당신의 이름자를 그려 봅니다

黙

―秀岩 金德春 所藏石

星 如 雨 江 邊

渡 不 眠 夜 我

閃 耀 之 水 面

寫 爾 名 霑 袖

승고암

—수암 김덕춘 소장석

추억할 수 없는 시간은
아무 데도 없는데

아무렇게나 나뒹구는
그 숱한 아픔의 강

기웃대던 많은 이야기
새가 되어 흩어지고

빈 가슴 깊은 곳을
새 언어가 덮는다

勝苦巖

－秀岩 金德春 所藏石

可 無 憶 時 何 處 無

無 關 散 亂 痛 苦 俱

歪 斜 古 談 爲 鳥 離

虛 心 深 中 新 語 偕

겸허미덕
─예송 이효순 소장석

교만하지 않으면
목이 뻣뻣하지 않고
익은 벼 이삭은 고개를 숙인다지?

머리를 높이 들지 마라
모든 입구는 낮은 법이니
겸손을 잃은 사람아
마음을 내려놓고 찾아보라

謙虛美德

ー藝松 李孝順 所藏石

心不驕慢不頸直

完熟禾穎低顔臨

入口無高勿高頭

謙恭失者索下心

개심대

— 예송 이효순 소장석

온밤을 하얗게 새워도
못다 할 이야기

해산의 고통을 풀면
마음의 눈을 뜰까

속삭이는 귓속말에
귀를 열고

참뜻 깨우치면
사는 법도 배우리

開心臺

—藝松 李孝順 所藏石

盡夜不眠不盡語

忍苦解産成開心

耳話感知耳聽在

眞意覺得慧俗尋

고사대
—운산 김우영 소장석

빛깔은 비록 수수하나
모양은 빼어나서

오묘하고 환한 굴속 연못
선경을 옮겨놓은 듯

옛날 한산 스님이 은거하던 곳인가?

그윽한 경치가 때 묻은 마음을 씻기우니
저절로 선의 경지에 이르게 하네

高士臺

－雲山 金宇寧 所藏石

色雖不華形卓出

妙透窟潭仙景遷

疑是寒山[1]隱逸處

晏然幽景自達禪

---

[1] 한산(寒山)은 당나라 때(7C 말에서 9C초) 승려이면서 시인. 습득(拾得), 풍간(豊干) 등과 3인 시집 《한산자시집》이 전한다.

통선대

─운산 김우영 소장석

요지경 속 통선대라,

수문이 하늘을 닿아
우주의 비밀을 열었네

맑은 강물 위
갈매기는 울며 날고

선비들은 시회詩會를 열어놓고
서로 술잔을 권하네

通仙臺

－雲山 金宇寧 所藏石

形 擬 瑤 池 通 仙 臺

水 門 達 天 乾 坤 開

白 鷗 往 來 清 江 興

高 士 會 詠 相 勸 杯

운산암
—운산 김우영 소장석

미불米芾이 그린 그림 한 폭
돌로 굳었는가?

돌을 좋아하는 고질병으로
빼어난 수석을 얻었네

기이하게 파인 형상
화가의 준법도 들었으니

액자에 끼우면
이게 바로 괴석도怪石圖

雲山岩

－雲山 金宇寧 所藏石

米 芾[1]畫 寫 爲 石 耶

樂 石 膏 肓[2]秀 品 生

氣 像 奇 腐 皴 法 在

空 額 組 立 石 圖 成

[1] 미불(米芾)은 중국 북송 대 유명 애석인이며 서화가 채양, 소동파, 황정견과 송4대가(宋四大家)로 꼽히며 미점법(米點法)을 창안하여 후세에 영향을 주었다.

[2] 고황(膏肓) 명치끝에 깊이 생기는 병으로 옛날엔 치료가 불가능한 병으로 여김.

입선암
—양한 허상호 소장석

황옥의 선돌 하나
선정에 들었다

빼어난 빛깔과 자태
맛깔스럽고 곱기만 한데

눈에 닿는 순간
푹 빠져들어 잡생각 사라지고

눈물 나게 아름다움
그저 침묵할밖에

立禪岩
－養閒 許性皓 所藏石

黃 玉 立 石 禪 定 時

秀 逸 色 態 風 味 麗

眼 到 爾 醉 塵 心 解

美 好 淚 河 沈 默 之

반가사유상
─양한 허상호 소장석

백 년의 생각 낚으니

천년의 미소가 들리고

만년의 인연 만났으니

억겁의 법열을 비추네

半跏思惟像

　　　一養閒 許性皓 所藏石

百　年　釣　思　惟

千　歲　聽　微　笑

萬　載　好　緣　逢

億　劫　法　悅　照

옛 탑
　　－양한 허상호 소장석

양한재에 오래된 탑
아름다움에 놀라네
언제 누가 빚었는지
오랜 세월 불경 소리
절로 얻은 깨달음
참선법을 묻노니
무심한 옛 탑이여

古 塔

—養閒 許性皓 所藏石

養 閒 齋 中 古 塔 在

何 時 誰 作 驚 麗 妍

久 久 聽 經 自 通 道

無 心 古 塔 問 參 禪

온 산, 가을빛에 물들다

―석정 민봉기 소장석

봄 여름 가을 겨울은
자연의 섭리

우주의 질서를
어찌 외면하리

그대의 돌에는
계절을 감춰놓아

가을이 오면
온 산 단풍옷을 입네

秋色滿山

－石靜 閔鳳基 所藏石

四時循環自然法

宇宙萬物何不通

季節了解藏汝石

秋來丹楓滿山豐

망월대
−석정 민봉기 소장석

고요가 흐르는 강가로 가고 싶다

산다는 건
가끔씩 아프고 외로운 것

애타는 그리움도
부질없는 몸짓인가

세월의 번뇌를 씻고
가부좌로 앉을꺼나

望月臺

－石靜 閔鳳基 所藏石

獨 孤 流 水 到 江 願

人 生 往 往 痛 苦 因

怊 悵 得 望 虛 事 態

脫 俗 煩 惱 禪 坐 身

고목이 달을 낚다

—봉암 김정식 소장석

말도 늙으면
지혜가 있느니 고목이라 다르랴?

심심해 마실 나온
달을 낚시질 하네

오래 산다는 것은
자연의 비밀을 훔치는 일

가지에 걸린 둥근달
바람 한 점 없이
흔들리네

老樹釣月
　　　　－鳳岩 金正植 所藏石

老 馬 之 智 老 樹 同

閒 看 俗 來 釣 月 終

林 泉 秘 竊 長 壽 事

枝 掛 望 月 動 無 風

달빛 어린 매화

－봉암 김정식 소장석

매화는
보면 볼수록 더욱더 사랑스러워

오래 두고 보아도
싫지가 않네

청빈한 자태는
선비의 품격

그윽한 향기
코끝을 찔러 잠 못 이루네

月下梅翁

　　　－鳳岩 金正植 所藏石

梅　翁　看　看　久　益　親

終　始　相　從　弗　厭　嗔

清　貧　姿　態　高　士　格

暗　香　觸　鼻　不　眠　因

이별의 미학
      ─여만 김재한 소장석

아득히 번진 석양은
감미로운 음악이 흐르는 것 같아

하늘 땅 붉게 물들인 우아한 그림
추억을 아쉬워하며
만날 것을 기약하네

동쪽 하늘 바라보며
이별의 손수건을 흔드네

離別美學
－麗晚 金在桓 所藏石

樂 如 甘 味 落 照 充

畫 似 優 雅 乾 坤 紅

追 想 一 天 焦 勞 處

手 巾 別 離 麗 揮 東

달과 더불어
— 여만 김재한 소장석

임자 없는 바람과 달은
꼭꼭 숨길 수 없어

진정 즐기고 아낄 줄 아는 사람의 것이라지

눈을 감으면
그리움은 커지고

쓸쓸함에 잠긴 나는
달을 불러 선문답이나 해야겠네

弄月禪味

— 麗晚 金在桓 所藏石

風 月 無 主 無 盡 藏

吝 樂 之 人 所 有 眞

坐 禪 高 士 戀 孤 大

月 魂 招 請 禪 味 論

조사대
—석하 최덕성 소장석

조사대 아래 물결은 찰랑찰랑

조각배는 한가로이 오락가락

갈매기 벗하여 낚싯대 드리우면

푸른 바다 흰 구름 절로 한가로워

釣師臺

－石下 崔德成 所藏石

釣 師 臺 下 水 漾 漾

扁 舟 往 來 天 地 間

垂 綸 伴 鷗 忘 世 事

蒼 海 白 雲 空 自 閒

한월대
—석하 최덕성 소장석

침묵은
신들의 언어

들숨과 날숨 바라보며
명상에 잠긴 그대여

멈춤도 움직임도 무심하여라

소리 없는 천상의 소리
무언의 말씀을 듣네

閒月臺

一石下 崔德成 所藏石

神 聽 言 語 唯 沈 默

坐 禪 冥 想 呼 吸 因

无 心 動 靜 無 爲 食

無 聲 天 音 无 說 隣

창랑대
─약석 김창욱 소장석

만월은 환히 비추고
물결 소리 높아지네

시끄러운 세상사 다 비운 자리
아무것도 들리지 않네

푸른 파도 흰 갈매기
눈동자 속을 나는데

무심한 낚시꾼
낚싯대를 드리웠네

滄浪臺

　—藥石 金昌旭 所藏石

滿 月 明 輝 潮 音 高

不 聞 喧 傳 塵 事 虛

滄 波 海 燕 盤 中 眼

釣 士 無 心 垂 釣 魚

거북바위

　　 —약석 김창욱 소장석

모양으로 보면 기어가는 큰 거북 한 마리

어찌 보면 넓은 들판이 풍경으로 다가서네

편협한 마음 절로 눈 뜨게 하는

거북바위 오묘한 가르침 참으로 신통하네

龜巖

－藥石 金昌旭 所藏石

物 形 觀 感 似 龜 巖

景 石 看 看 大 野 平

壅 拙 心 眼 自 能 發

龜 巖 深 妙 神 通 盈

시 노래

수석을 읽으며

강영서 시
최창남 곡
박경아 편곡

하 루에 한 번 쯤 은

봄 여름이 되 이 고 되 싶 고 다 싶 다 매화향 기 귀 로 듣 는
여름이 되 고 싶 다 세상 모 든 소 용 과
가을이 되 고 싶 다 낙 엽비 가 슴 에 내리는
거 울이 되 고 싶 다 세 상찬 란 한 가 쁨 이 야

비 오는 언 덕 에 서 내 마 음 길은 곳 그 리 움 에
우 매함을 말 부 없 이 산 위 에 서 속 으로 길 이 삭 이 여
바 람 부 는 에 서 외 로운 사 람 더 욱
만 나 지않 아 도 좋 으 리 쓸 쓸 해 서 더 아 름 다 운

창 소 유 고 한 칸 짓 치 고 선 몽 돌 들 이 흥 빛 꽃
무 외 소유의 살 이 넘 는 외 롭게 하 는 잔 인 하 게 아 름 다 운
눈 내 리 는 해 변 에 서 이 별 을 연 습 하 듯

멀 안 하 개 긴 얀 미 강 침 가 에 취 만 살 하 나 고 고 고 싶 싶 싶

다 다 다 다 다 다

문자 없는 비석

강영서 시
정지은 곡

상——처——있는 비석——이라 눈길돌리지마——라 아픔없는

삶 이 무엇을무엇을 남——기라— 문——자——없는 비석—이라

가벼이 가벼이 하지마라— 심금울릴 명문은— 심금울릴 명문은—

가슴에 아로새겨 지——는것— — 그누가— 지금 그누가— 지금

그대의비문을 쓰려한다면— 한자락 바람같은 세월— 한자락바람같은

세월— 아 무말도 새기지말——라 하 라 문——자——없 는

비 석——인들 어——떠——라 거기 한 사람 찾아 와

마른잔디위에추억 을 그또한 아름다운삶 이 아니겠는가

해설

수석, 그 허심^{虛心}의 창을 통해 본
고전적 상상력

수석, 그 허심虛心의 창을 통해 본
고전적 상상력

김이담 · 시인

"여기 좀 만져봐."

불쑥 내민 팔뚝은 단단한 돌이었다. 그것이 문창文窓(시인의 아호) 선생과의 첫 만남이었다. 가까이 살면서도 서로를 몰랐던 선생과는 그 후 열흘이 멀다하고 막걸리 집을 찾는 일이 잦아졌다. 그때마다 선생은 수석과 책을 한 보따리씩 나누는 것이었다. 말수가 적으신 선생이 이따금 툭, 던지는 말속에는 그가 얼마나 많은 독서를 하였는지 말하지 않아도 짐작하고 남음이 있었다.

어려서부터 한학을 시작하여 중·고등 무렵에는 사서삼경을 떼었다니 그것도 나에게는 놀랄 일이었고, 그도 모자라 20여 년 동안 한시를 사사받으면서 한시집漢詩集을 두 권이나 내어 언론에도 자자했다는 이력은 요즘 세상에는 보기 드문 일이 아닐 수 없다. 게다가 오랫동안 안양수석연합회에서 고문으로 활동하면서 반생을 수석과 함께하였으니 돌을 보는 깊이는 또 얼마일까? 요즘 말로 덕후니 마니아mania니 하지만, 취미의 경계를 넘어선 심미안의 문을 열어젖힌 것이리라.

또 다도茶道에도 일가를 이루었음을 알게 되면서 또 한번 놀라게 되었다.

어느 날이었다. 선생과 한담 중에 《소치실록小痴實錄》을 구하고 싶었는데 절판이 된지 오래여서 구하지 못했노라고 푸념을 하였더니 선생은 그 책을 불쑥 내놓는 것이었다. 그렇게 선생과는 연배 차이에도 불구하고 만남은 더 잦아졌고 의기투합은 깊어졌다.

선생 댁으로 놀러 간 적이 있다. 선생이 석실石室이라고 부르는 방은 진귀한 책들로 가득 채워져 있었다. 그리고 빈 공간, 공간을 수석이 좌선하는 노인들처럼 앉아 있는 것이었다.
말차를 얻어 마시면서 우문愚問을 던졌다.
"여기 있는 책을 다 읽으셨어요?"
선생은 그저 빙그레 웃을 뿐이었다.

그 수석의 방을 그린 시편이 〈무무재에서〉이다.

방안의 서넛 늙은 돌들
차를 마시며 한담을 하시네
세상사는 관심조차 없고
해종일 수석 이야기뿐이시네

〈무무재에서〉 전문

혹자는 이런 시를 보면 너무 상상이 지나쳤느니 현실적이지 않다느니 말할는지 모른다. 그러나 선생의 돌방에 가 본 사람이라면 금방 알리라. 출타하였다가 들어오면 빈방에 서넛씩 둘러앉은 돌들이 묵언의 이야기를 하는 것을 보았을 것이다.
선생은 유유자적悠悠自適, 허심虛心의 눈으로 사물을 통찰하는 시인이다. 그 바탕에 흐르는 사상은 고전적이라 할 수 있다. 특별히 노

장사상老莊思想, 혹은 불교적佛敎的이다. 선생은 적요寂寥를 즐길 줄 아는 사람이다. 우리가 자본경제에 매몰돼 잃어버린 세계의 눈을 다시 밝혀주는 깊이를 지닌 시인이라 할 것이다.

어떤 수석은 전문적 수집가 사이에선 고가를 받을 수 있는 명품도 선뜻 내어주고 도서관에서도 만나기 쉽잖은 귀한 책도 아까워하지 않는다. 그렇게 나누어준 서적이 1천여 권이 넘었다니 누가 쉬이 그렇게 할 수 있으랴!

시에 앞서 인간이라고, 그는 평소의 버릇처럼 말하곤 한다. 언행일치의 삶이어야 시도 그 언어 속에서 향기를 낸다는 지론이다. 그 말을 몸으로 실천하고 몸의 언어가 시가 된다는 말씀이었다.

선생의 그러한 인품만으로도 이미 시인데, 그 몸에서 흘러나오는 노래인들 어떠하겠는가.

그리하여 한시에도 수석에도 문외한인 내가 감히 해제解題의 글을 쓰게 된 것이 마냥 송구하기도 하고 기쁘다.

작은 것에서 발견하는 큰 깨달음

말이 다르면 문자가 다르고 문자가 다르면 사유방식도 달라지는 것인가. 우리글인 한글과 중국 문자인 한문 사이에는 그만큼 넓은 간극이 존재한다. 그러므로 한시의 의미를 곱씹지 않고 번역 시만으로 전부라 흘러가기엔 참 안타까운 부분도 많으리라. 그러니 '번역은 반역'이란 말이 있는 것 아니겠는가.

그렇게 더듬더듬 선생의 시 한 편 한 편을 읽으면서 무릎을 치게 하기도 하고 하찮게 여겨온 돌에 숨겨진 비밀을 듣게도 되었다.

우주의 침묵을 깨는
귀뚜리 소리

가을은 귀 가득 넘치는
합창

거둘 것 없는 가을이라고
슬퍼하지 않으리

생각하면 인생은
빈 울음 매다는 것

〈가을을 듣다〉 전문

고요한 밤에 귀뚜라미 소리를 들어본 사람은 안다. 텅 빈 공간을
가득 채우는 가을의 낮은 울음을, 그러나 시인은 그것을 '우주의 침
묵을 깨는' 귀뚜라미가 '귀에 가득 넘친다'고 표현했다. 그렇다. 귀
뚜라미의 그 작은 울림은 내 마음의 귀를 흘러넘쳐 우주를 깨우고
지상에 가을을 펼쳐놓는다. 그 귀뚜라미 소리가 없다면 가을인들,
적막인들 있을까. 귀뚜라미로 인해 무無의 세계인 적막 혹은 우주
는 충만한 유有의 공간으로 바뀐다는 것이다.

전구轉句(3연)에 오면 가득한 귀뚜라미 소리는 '거둘 것 없는 가을'
로 전환된다. 숨은 화자話者인 내 마음의 투사投射이다. 수확의 계절
에 귀뚜라미나 가난한 시인이나 뭐 그리 거둘 것이 있겠는가. 다시
결구結句(4연)를 보라. 삶이란 '빈 울음 매다는 것'이란다. 그러니 슬
퍼할 무엇이 있단 말인가. 큰 깨달음에 이른 것이다.

다시 가만히 느껴보라. 적막이 찰름대는 가을밤 귀뚜라미 울음을

들고 있으면 그 쓸쓸함은 배가 될 것이다. 넘치는 귀뚜라미 소리를 시인은 '거둘 것 없는' 가난으로 자신을 덧입힌다.

그러나 시인은 한탄하지 않는다. 귀뚜라미나 시인이나 목숨 가진 것들은 제 목청으로 울며 살아가는 존재라는 것을 알아챈 것이다. 삶의 속성이 그러하매 '빈 울음'을 허공에 빨래 널 듯 매단다는 것은 살아있다는 증거 아닌가. 얼마나 큰 감동인가.

간결하면서도 울림이 있는 시구詩句에서 작은 미물의 소리에서 누가 그 깨달음에 이를 수 있을 것인가.

한시의 매력은 여기에 있는 것 아닐까. 기起 - 승承 - 전轉 - 결結의 일반적 한시의 구조를 충실히 따르고 있는 선생의 시에는 현대시에서 맛보기 힘든 간결미와 함축미가 있다.

그 맛은 시의 맛이라네

바람과 달의 춤판
거기 스며있다네

지나는 빗방울에
나무들 몸 씻는 소리

소리와 빛깔 어우러진
모두가 수석시라네

〈돌의 맛 1〉 전문

돌에도 맛이 있다니! 돌과 오랫동안 호흡해온 사람이 아니라면 결코 말할 수 없는 말이다. 그 맛은 시의 맛과 같단다. 돌을 펼쳐

시를 읽으면 바람과 달의 흥건한 춤판을 보인다고 했다. 그뿐인가. '지나는 빗방울에 나무들 몸 씻는 소리'를 들었다니, 관조의 참맛이다. 돌을 가만히 응시하면서 그 속에 자연의 미세한 세계를 본 것 아닌가. 수만 번 비 오는 숲을 헤쳐도 '빗방울에 나무들 몸 씻는 소리'는 문창 시인만이 발견한 것이리라. 여기서 흥건한 '춤판'과 '몸 씻는 소리'는 시각과 청각의 대비이다. 시인을 관통한 돌이 그려내는 그림, 시인은 그것이 시라고 말한다. 범 속의 눈으로는 절대 접근할 수 없는 세계를 시인은 펼쳐놓고 있는 것이다. 한 편의 짧은 영상을 보는 듯도 하다.

　이 시는 시론詩論이면서 수석론이다. 돌이란 창문을 통하여 때로는 우주를 때로는 삶을, 혹은 사물이 지닌 본질을 꿰뚫는 관조의 힘, 그 안에 미학이 있고 삶의 혜안慧眼이 있다. 더 말해 무엇하랴! 무지無知의 나로서는 그저 감탄할 밖에는 없다.

　시 〈세월의 흔적〉에서는 굴곡진 돌을 쓰다듬으면서 자신의 삶을 반추한다. 이 세상 아픔이 없는 삶이 어디 있을까. 그러나 시인은 '아픔도 쓰다듬으면 내 것이 되는가' 하고 자신의 아픔까지도 끌어안는다. 그렇지, 아픔을 아프다고만 해서야 아픔이 사라지는가. 슬픔 앞에서 위로는 위로가 되지 않는다. 우는 사람 앞에서는 함께 울어주는 것이 더 큰 위로가 되는 것처럼 시인은 그 아픔마저 보듬고 뒹굴어야 함을 깨달은 것이다. 달관의 경지를 통관通貫한 것인가.

돌과의 끝없는 대화

　일광 바닷가에 와서

돌 하나 만났네.
미완의 무늬 아쉬워
달 하나 낳아달라고
쓰다듬고 닦았지

내 마음 알아듣고
구름 위 둥근달
그린 듯 나왔네

〈말귀 알아듣는 돌〉 전문

이 시는 실제 있었던 일화를 시화한 것이라고 슬쩍 귀띔해준 적
이 있다. 일광 바닷가에서 시인은 좋은 돌 하나 얻고자 해종일 돌
밭을 헤매었을 것이다. 그러나 겨우 얻은 것이 희미한 구름 문양
의 그저 그런 돌을 하나 얻었을 뿐이다. 그마저 감사하며 안고 왔
을 것이다. 그리고는 쓰다듬고 어루만져 주며 달을 빌었더니 그
속에서 달이 떠오르더라는 것이다.

돌도 지극히 사랑하면 말을 알아듣는다고 하였겠다. 그런 경험
이 비록 우연이었을지라도 그것을 놓치지 않고 시화해 낼 수 있는
힘은 시인이 얼마나 돌을 사랑하는지를 보여주는 한 단면이라 할
것이다.

어쩌면 신화와도 같은 이런 시들은 작은 것도 놓치지 않고 애정
을 쏟는 손길이 없다면 애초 불가능할 것이라 여겨진다. 선생은
사람과 사람 사이에도 그런 눈길을 내어준다.

돌을 어루만지면
가슴으로 들어와

나는 한낱
이름 없는 돌

너는 내가 되고
나는 돌이 되네

손을 잡으면
마음은 출렁출렁

〈돌을 어루만지며〉 전문

돌의 사랑은 급기야 돌과의 합일合一에까지 이른다. 무엇이든 심취하면 가슴에 담기는가. 돌은 '내가 되고 / 나는 돌이 되'는 그 세계, 그렇다. 아무리 하찮은 것일지라도 오매불망寤寐不忘, 사랑을 주면 그것은 내가 되는 것 아닌가. 합일이야말로 하나로 '마음은 출렁출렁' 흘러가는 큰 사랑이리라.

불광불급不狂不及이란 말이 있다. 무엇이든 미친 듯 깊이 빠져들어야 열리는 세계, 그 세계에 들어간 이가 문창 선생일 것이다.

허심의 창으로 바라본 고전적 상상력

문창 선생의 시에는 허심虛心 혹은 무심無心의 눈으로 바라본 고전적古典的 상상력으로 가득하다. 어떤 곳은 노자의 《도덕경》 혹은 불경佛經의 경구처럼 무無의 세계가 즐겁다. 무無는 무로 끝나지 않는다. 무는 어쩌면 다 있는 세계이다[无無皆有]. 이것이 태극의 원리요, 우주생성의 비밀이며 색즉시공色即是空의 오묘한 세계이다. 고요는 아무것도 없는 세계가 아니라 충만한 빔이다. 고요는 우리가 귀로 들을 수 없는 수많은 소리의 집합체인지도 모른다. 고요는 어떤 울림이 있어야 비로소 고요가 된다. 시인은 그런 오묘한 세계에 침잠한다. 그 세계에서 새로움을 찾는다.

눈 쌓인 산길에
사람 발자국 드물다

뽀드득 뽀드득
적막 깨지는 소리

아름다운 꽃봉오리와
여름날의 푸르름은 어디로 갔나

바람 불면 떨어질 것 같은
나뭇잎만 두어 개 대롱대롱

〈수리산을 거닐며 1〉 전문

겨울날 아무도 없는 빈 숲을 홀로 거닐며 쓴 시로 보인다. '뽀드득 뽀드득 / 적막 깨지는 소리'만으로 비탈진 산등성에 가득한 적막은 우리의 피부를 찌른다. 떨어진 꽃봉오리 심지에 올라앉은 적막도 '나뭇잎만 두어 개 대롱대롱' 매달려 있지 않다면 그 쓸쓸함까지는 닿지 못했을 것이다.

역설이다. '적막'과 '소리'는 축어적逐語的으로 보면 상대적이다. '적막'이란 빈 공간에 '뽀드득 뽀드득' 눈을 밟고 가는 화자話者의 발소리는 적막한 가슴을 울린다. 그 소리로 인하여 적막은 더 큰 적막을 이룬다. 그 소리는 자연에도 울리지만 실은 시인의 가슴속에서 울리는 적막이다. 우리 삶이 기쁨보다 쓸쓸함이 많듯이 순간의 겨울 산길은 어쩌면 우리 삶의 길은 아닐까?

이런 역설적 표현은 현대시에서도 수없이 나타난다. 한용운의 〈님의 침묵〉에서는 '님은 갔지만은 나는 님을 보내지 아니하였습니다.'라고 하였고 고은의 〈눈길〉에서는 '바라보노라 온갖 것이 보이지 않는 움직임을'이라고 하였다. 또 김상옥은 〈백자부白磁賦〉에서 '불 속에 구워내도 얼음같이 하얀 살결'이라고 하지 않았는가. 그 외에도 수많은 시인들이 역설을 채용하고 있는 것을 볼 수 있다. 그것은 오랜 역사를 가진 수사법의 하나이다. 그만큼 역설은 새로운 의미의 지평을 생성하기도 하고 심리적 강조를 일으키는 표현 양식이기 때문이다. 어디 동양에서만 그럴까. 서양에도 파라독스 paradox는 즐겨 쓰여 왔다.

좋은 시를 읽는 즐거움으로 이야기가 길어졌다. 선생의 시는 정직하다. 그 정직성은 서문을 대신한 〈시인의 말〉에서 잘 나타나 있다.

묻혀 살지요
단순하고 느릿하게

있는 듯 없는 듯
말없는 굼벵이처럼

〈시인의 말〉 전문

선생의 요즘 생활을 진술하게 표현한 시이다. 시끄러운 시정에 살면서 산속의 선사禪師처럼 '느릿느릿', '굼벵이처럼' 살아내기가 어찌 쉬운 일인가. 그런데 실제 시인을 아는 사람들은 그가 조용히 책 읽고 차를 음미하고 그도 심심하면 돌을 당겨 읽는다는 것을 안다. 늘 평상심平常心을 잃지 않는다.

현대시의 관점에서 보면 1행에서 3행까지는 의사진술擬似陳述 pseudo statement이라 할 수 있다. 그러나 4행으로 인해 이 시는 어엿한 '시'가 되었다. 마치 윤동주의 〈서시〉가 그러하듯이.

선생의 근황을 볼 수 있는 시는 또 있다. 같은 듯 다르다.

그냥 그렇게 사네
배고프면 밥 먹고
졸리면 잠자고
흐르는 물에 꽃잎 떨어지듯

〈엽신〉 전문

이 시를 읽노라면 어느새 조선시대의 문인화가인 강희안姜希顔의 〈고사관수도高士觀水圖〉가 생각난다. 모두가 허겁지겁 살아가는 이 시대에 무슨 뚱딴지같은 소리냐고 반문도 하겠다. 그러나 요즘도 정년퇴직하고 특별히 할 일 없는 노년층은 무료한 시간을 보낸다는 점을 생각하면 옛 사람들의 유유자적悠悠自適, 한가함을 즐길 줄 알았다는 것은 얼마나 큰 축복이었던가. 숨 가쁜 동시대를 살아가는 선생도 다를 바 없겠으나 그는 적요寂寥를 즐길 줄 아는 시인이다.

'배고프면 밥 먹고 / 졸리면 잠자고' 하루하루 가는 날들이 '흐르는 물에 꽃잎 떨어지는' 것처럼 보낸다는 시구는 그 쓸쓸한 날들을 즐길 줄 아는 사람만이 할 수 있는 말이다. 문창 선생은 그런 분이다. 적막의 즐거움에 대한 답은 시 〈어르는 돌〉에도 나타난다. '즐김을 모르는 사람/ 알까, 두려워(어르는 돌)' 하는 독백의 시행이 그것이다.

선생은 아주 평범한 말로 비범함을 나타낸다. '평범 속의 비범非凡'이란 말은 쉬우나 얼마나 어려운 말 인가.

나가며

좋은 시편들을 다 소개할 수는 없지만, 나는 〈정호다완〉도 무척 좋아하는 시이다. 고상한 취향이 물씬 풍기는 시이다.

그뿐인가. '솔향은 가랑비 되어 / 옷깃을 물들인다(천년송)'는 어떤가. 아무나 표현할 수 없는 시인의 시의 세계는 투박한 듯 하면서 반짝인다. 선생은 요즘의 젊은 시인들처럼 기교를 많이 쓰지 않는다. 꾸며대지 않는다. 조선의 막사발 찻잔처럼 수수한 듯 아름답다. 숨은 비밀을 찾아 갈고 닦아주면 스스로 빛을 내는 자연 발색이 시인의 시법은 아닐까 싶다. 더구나 '돌'이라는 광물질을 통하여 이만큼 상상의 창을 열어젖힌 시인은 없을 것 같다.

'숨 죽여 우는 / 풀벌레 소리 줍는다(학의천 산책)'는 섬세한 눈으로 관찰하고 시인이 발명해낸 언어리라.

그뿐인가. 〈젖가슴 돌〉, 〈삼성산 삼막사 음양석〉은 해학의 시로써 독자의 절로 웃음이 흘러나올 것이다.

오랫동안 동양의 미학을 공부해온 연륜과 '수석'이라는 창을 통한 상상력에서 오는 깨달음의 경지에 오른 시인이 문창 선생이다.

  그 깨달음이 '머리를 높이 들지 마라 / 모든 입구는 낮은 법이니 (겸허미덕)'와 같이 우리가 익히 알면서도 미처 깨닫지 못한 시행들이 밤하늘의 별처럼 가득히 흘러간다. 시인의 마음을 통과한 모든 사물은 새 생명을 얻어 아침 창가의 새처럼 지저귀는 것이다.

  다시 정리해보면 문창 선생의 시는 반투명의 창호지에 들은 국화 꽃잎 같다. 곱씹어야 은은한 아름다움이 배어난다. 수사법을 즐겨 쓰지 않으면서도 그 마음의 수면 아래에는 지느러미를 치는 물고기들 노는 모습이 보인다. 그의 시에는 사랑이 깃들어 있다. 그 사랑은 신화처럼 그려진다. 그것은 고전적古典的 사유가 흐르기 때문은 아닐까. 불가의 경전뿐 아니라 옛 고전들을 탐독해온 까닭이라 여겨진다. 그럼에도 선생은 그것들을 앞에 내세우지 않는다.

  또한 그것은 어떤 명예도 탐하지 않는 그의 생활 태도에서도 드러난다. 그런 의미에서 선생은 이 땅의 마지막 선비가 아닐까 생각해 본다.

  일찍이 박두진 시인이 시집《수석열전》을 낸 바 있지만 문창 선생만큼 돌이란 창문을 통하여 연속하여 수석 시집을 내는 이도 드물 것이며, 그것도 한시로 쓰는 시인은 금세기 이후에는 없을 듯하다. 그 상상의 세계는 앞으로도 무한 펼쳐낼 것을 믿고 또 기다려본다. 🍀